# Étrennes

du

## Bon Vieux Temps,

Pour 1819.

Nouvelles Chansons

et

Historiettes,

## Par DEMONVILLE.

~~~~~~~~~~

A PARIS,

Chez DEMONVILLE, Imprimeur-Libraire,

rue Christine N° 2.

1818.

# LES HAUTS FAITS

## DU BRAVE MARIN LARCHEVESQUE.

*(Il n'y a rien que de vrai dans cette chanson.)*

Air. *Reveillez vous , belle endormie.*

Le brave marin Larchevesque,
Chantons en chœur, chantons en rond;
De Dieppe à la mer barbaresque
On ne pourroit voir son second.

Quand il s'avance à l'abordage,
Tant pis si vous ne suivez pas :
Lui seul il fait tant de tapage ,
Qu'on met bientôt pavillon bas.

On l'a vu, du haut de misaine
Être renversé sur le pont,
Se relever, n'étant en peine
Que pour son pauvre compagnon.

Du mât la fatale rupture
Mit celui-ci hors du vaisseau;
Et sa chute qui fit blessure
L'entraînoit droit au fond de l'eau.

Larchevesque ici point ne blague :
Quoique moulu par les haubans,

Il se jette à travers la vague,
Et rattrape son homme à tems.

Un mousse, ainsi que sa guérite,
Sont emportés dans l'océan :
Notre marin s'élance vîte,
Malgré le terrible ouragan.

Un autre danger de l'affaire,
Étoit dans cette occasion,
Que le mousse factionnaire
Se cramponnoit, et tenoit bon.

« Lâche donc, lâche ta baraque,
» Tu nous feras périr tous deux ;
» Lâche donc, lâche ou je te claque ;
» Veux-tu lâcher, chien de peureux. »

Grace à ce courroux débonnaire
Qui sera partout approuvé,
Le mousse enfin se laissa faire :
C'en fut encore un de sauvé.

Le brave marin Larchevesque, etc. etc.,

*( répétez le premier couplet. )*

Aucun ne l'égale en courage,
Aucun ne l'égale en bonté :
C'est le très-honorable hommage,
Que lui devoit la vérité.

# LES PLAINTES
## De PHILIPPE, *le Vigneron.*

M. DE VAREUIL, *Maire de la Commune*; PHILIPPE. *Vigneron.*

*M. de Vareuil.* Hé bien, mon cher Philippe, toujours des premiers au travail, et des derniers à le quitter! Vous ferez une bonne maison.

*Philippe.* Ah! Monsieur le Maire, J'ai beau me donner un mal de possédé, rien n'y fait; je me fourre de plus en plus dans le pétrin. S'il y a deux grains de grêle dans tout le département, vous pouvez être bien sûr qu'ils auront tout juste choisi l'arpent de vigne du malheureux Philippe. Mon père m'avoit laissé un assez joli héritage. J'en ai vendu le fonds petit à petit pour vivre dans les mauvaises récoltes, et tirer notre fils de la conscription; il ne me reste que ce bout de vigne qu'il me faudra probable-

ment vendre cette année : et l'an prochain , je serai tout-à-fait dans la misère.

*M. de Vareuil.* Oh ! mon pauvre
Philippe, que me dites-vous là ! Vous
êtes cependant actif et vigoureux ; et
je n'ai pas ouï dire, que vous ayez
aucun de ces défauts qui entraînent la
ruine des familles. A quoi donc tient
cette malédiction céleste qui semble
être attachée à votre travail?

*Philippe.* Je n'en sais rien. Je ne
fais cependant de mal à personne :
tout réussit aux autres, et tout prend
plaisir à tourner contre moi.

*M. de Vareuil.* Je sais que vous
êtes un honnête homme. M. le Curé
me faisoit l'autre jour l'éloge de votre
conduite, et regrettoit seulement que
vous ne voulussiez pas rendre à Dieu
le culte et l'honneur qui lui sont dus.

*Philippe.* Ma fine, Monsieur le
Maire, je n'entends rien à toutes ces
finasseries-là. S'il y a un Dieu et qu'il

soit bon : comme je n'ai pas même pris un cheveu à qui que ce soit, je n'aurai rien à rendre. J'aime Dieu dans le fond de mon cœur, c'est tout ce qu'il faut.

*M. de Vareuil*. Vous avez des enfans, brave Philippe. Dites-moi, seriez vous bien aise qu'ils ne vous montrassent aucune affection, et qu'ils se contentassent de dire aux étrangers, qu'ils vous aiment dans le fond de leur cœur?

*Philippe*. Non, par ma fine ! et je compte bien plus sur l'attachement de ma bonne petite Colette qui ne manqueroit pas un seul jour à venir m'embrasser dès le matin, et à me souhaiter si gentiment une bonne nuit chaque soir, que sur ce mirli-flore de Thomas qui ne m'adresse jamais la parole, que quand il a besoin de quelques pièces de monnoie.

*M. de Vareuil*. Vous voyez donc bien par vous-même, mon cher Philippe, que Dieu, dont nous sommes les en-

I**

fans , doit être sensible aux marques d'indifférence ou d'affection des créatures qui lui doivent leur existence.

*Philippe.* C'est bien autre chose ça, Monsieur le Maire; Dieu lit dans le fond des cœurs. Mais quand notre fils voit combien les petits égards que je lui demande me seroient agréables; je dois juger que s'il ne me les rend pas, c'est qu'il ne sent aucune reconnoissance ni aucune amitié pour moi.

*M. de Vareuil.* Certes , père Philippe, Dieu n'a pas rigoureusement besoin pour lui-même des témoignages de notre amour; mais cependant si pour éprouver notre gratitude , ou pour nous donner l'occasion d'exercer cette vertu , il a ordonné qu'indépendamment de l'affection intérieure, on lui rendît un hommage extérieur, vous conviendrez que ceux qui ne lui rendent aucun culte ne peuvent pas être admis à dire qu'ils aiment Dieu au fond de leur ame. Puisqu'ils sont incapables de ce petit sacrifice pour leur créateur, ils ne doivent pas être dans ses bonnes graces.

*Philippe.* D'accord, Monsieur le Maire; mais pourvu qu'on lui rende hommage, peu importe de quelle manière, si cela part du cœur; et tel que vous me voyez, quoique je ne mette jamais le pied à l'Eglise, je prie Dieu à ma façon.

*M. de Vareuil.* Dites-moi, brave Philippe, si vous appreniez que votre fils qui ne vient pas vous souhaiter le bon jour tous les matins, ne manque cependant pas aussitôt qu'il est à bas du lit, de boire un verre de vin à votre santé, cela vous seroit-il aussi agréable que le baiser de votre petite Colette?

*Philippe.* Non pas, parbleu, cela n'a jamais passé pour une véritable marque de respect, du moins dans notre famille ni dans notre village.

*M. de Vareuil.* Cela vous prouve que tout ce qui est hommage ne reste pas à l'arbitraire ni au choix de ceux

qui doivent ces marques de respect,
mais qu'elles sont prescrites par la
volonté de celui qui a droit de recevoir cet honneur.

*Philippe.* Ha par ma fine, quand
notre fils manque à ce devoir là, ce
n'est pas faute, que je le lui aie dit.

*M. de Vareuil.* Vous avez bien fait :
Si vous n'aviez pas instruit vos enfans sur la manière de vous témoigner
leur amour, ils n'auroient rien à faire ;
et votre insouciance à cet égard auroit
laissé dessécher dès sa racine le germe
d'une très-belle vertu qui annoblit la
créature humaine ; je veux dire, la
reconnoissance. Dieu, qui a aussi créé
les hommes pour qu'ils puissent acquérir des mérites, n'a pas négligé
le meilleur moyen de développer
chez eux cette précieuse vertu ; et il
leur a prescrit le culte qui lui est
agréable : donc s'il a révélé un culte à
l'homme, il ne suffit pas de dire qu'on
aime Dieu au fond de son cœur, mais il
faut encore le lui témoigner de la manière qu'il l'a ordonné.

*Philippe.* Faut-être bien fin, pour distinguer parmi ces trente-six religions qui se partagent la terre, celle que Dieu nous a voulu révéler.

*M. de Vareuil.* Cela n'est pas difficile pour tout être de bonne foi : 1° La véritable religion doit remonter au commencement du monde, et n'avoir point eu d'interruption : parce qu'un Dieu puissant et bon n'a pas abandonné sa créature sans lui indiquer les moyens de se conduire le mieux possible. 2° La véritable religion doit enseigner sans exception toutes les vertus dont la créature humaine peut être actuellement capable; parce que Dieu ayant créé les hommes aussi bien pour sa gloire que pour leur bonheur, il manqueroit de bonté ou de puissance, s'il se trouvoit une seule vertu qui ne fût pas enseignée dans la religion véritablement révélée.

*Philippe.* D'après ça, Monsieur le Maire, il ne nous resteroit qu'à nous faire juifs : car c'est bien le seul peuple dont la religion remonte jusqu'à notre premier père Adam.

*M. de Vareuil.* Vous y êtes, mon cher ; mais remarquez que la religion juive ne remplit maintenant qu'une des deux conditions. Elle a effectivement été la véritable religion jusqu'à la venue de Jésus-Christ. Elle remontoit au commencement du monde, et elle enseignoit toutes les vertus dont l'homme étoit capable à cette époque. Mais maintenant cela est bien changé : la pensée de l'homme s'est élevée depuis qu'un Dieu s'est fait homme, et nous avons l'idée de beaucoup de vertus qui ne se trouvent pas enseignées par la loi de Moïse. Toutes les vertus au contraire se trouvent prêchées, et par l'exemple et par la doctrine, dans la vie de Jésus-Christ. Il s'ensuit donc que la religion qu'il a fondée est la véritable.

*Philippe.* Halte-là, Monsieur le Maire, vous oubliez qu'il faut prouver avant tout, qu'elle remonte jusqu'au commencement du monde.

*M. de Vareuil.* A cet égard, mon cher, il y a concours général des peuples civilisés et des savans de toutes les nations, (excepté les Juifs dont Dieu a toléré jusqu'à présent l'opiniâtre aveuglement en punition de leur déicide);il y a, dis je, concours général à reconnoître que la religion de Jésus-Christ est l'accomplissement et la perfection de la loi de Moïse ; qu'elle y est comme greffée, entée ; et que toutes deux ne sont plus qu'un seul et même corps de doctrine.

*Philippe.* Pour ce qui est de ça, je me rappelle bien avoir lu, quand j'allois au catéchisme, quelques prophéties de l'Ancien Testament qui annonçoient le Nouveau.

*M. de Vareuil.* C'est cela même. l'Ancien Testament qui est encore la loi des Juifs a prédit la répudiation des Juifs, l'abolition de leur temple, une nouvelle doctrine plus parfaite dont la première n'étoit que la figure, la naissance du Dieu fait homme pour enseigner cette nouvelle loi de grace sur la terre, ses miracles, sa mort, et la gloire de son règne, c'est-à-dire, l'établissement de son culte.

*Philippe.* Tout cela, Monsieur le Maire, ne me fait pas sortir d'embarras : car il y a plus d'une branche dans la religion de Jesus-Christ ; et à la quelle donner la préférence ?

*M. de Vareuil.* Il faut, mon cher, procéder de la même manière, pour reconnoître celle qui vient véritablement de Dieu : et d'abord je vois que toutes les sectes chrétiennes sont postérieures à la religion catholique apostolique et romaine qui a pour chef, l'Evêque de Rome, notre Saint Père le Pape. Si dans ces sectes je devois trouver la véritable religion, il s'ensuivroit que Dieu auroit laissé enseigner l'erreur, tout le temps qui les a précédées. Or cela n'est pas possible : donc la religion catholique est la véritable.

*Philippe.* C'est celle qu'ont suivie

nos pères, mais toujours est-il que puisque les sectes chrétiennes enseignent la même morale, et qu'elles reconnoissent le même Dieu pour chef, elles peuvent prétendre également aux mêmes récompenses.

*M. de Vareuil.* Comment Dieu ne feroit-il pas de différence entre ceux qui ont altéré sa loi, et ceux qui la conservent? Comment soutiendroit-on que Dieu ayant voulu établir un culte, il n'ait pas prévu le moyen de le rendre stable?

*Philippe.* Ça n'est pas trop facile, parce que, si claire que soit une loi, chacun veut l'entendre à sa façon.

*M. de Vareuil.* Dieu n'avoit donc pas d'autre moyen pour rendre sa loi stable, 1º que d'interdire à tout particulier l'interprétation de cette loi; 2º de créer une autorité impérissable à qui seule il transmît les lumières nécessaires pour interpréter cette loi,

quand cela seroit utile ; 3° de nous
ordonner à tous une obéissance parfaite en fait de dogme à cette autorité
instituée par lui. Puisque c'étoit là le
seul moyen de conserver son ouvrage,
il a dû le prendre, et effectivement il
l'a pris.

*Philippe.* Tout ça est bel et bon,
Monsieur le Maire, mais vous serez
forcé de convenir que les sectes chrétiennes enseignent toutes les mêmes
vertus que la Religion catholique; et
je dis que pour le reste je n'y entends
pas grand'chose.

*M. de Vareuil.* Vous êtes dans l'erreur, mon cher Philippe. Dieu, en
nous ordonnant de nous soumettre
en fait de dogme à l'autorité instituée
par lui, avoit encore un autre motif
que celui que je vous ai déjà donné,
c'étoit de nous forcer à la pratique
de la véritable humilité : car dire avec
les sectes chrétiennes qu'on est humble, et ne point quitter l'esprit d'insu-

bordination et d'indépendance , ce n'est point l'humilité que nous a enseignée Jésus-Christ ; dire qu'on est humble, et se croire, en fait de doctrine, un esprit supérieur à celui des hommes que Dieu a élevés lui-même pour conserver sa doctrine , ce n'est pas la véritable humilité; dire qu'on est humble, et ne pas vouloir soumettre les lumières surnaturelles, qu'on s'imagine avoir reçues, à l'autorité instituée par Dieu lui-même pour distinguer le bon et le mauvais esprit, ce n'est pas la véritable humilité. Les auteurs des sectes, en voulant interpréter à leur gré la loi de Dieu , en se révoltant contre l'autorité ecclésiastique instituée par Dieu, en faisant de cet esprit d'orgueil et d'insubordination la base de leurs dogmes , en ont donc banni le fondement de toutes les vertus, la véritable humilité, cette vertu précieuse qui conserve la paix dans les familles , et dont le défaut produit les révolutions et les catastro phes des empires. La seule Religion Catholique, Apostolique et Romaine, par le seul fait de sa doctrine, force à la pratique de la véritable humilité, au lieu que la doctrine même des sectes chrétiennes est entièrement opposée à cette vertu. Elles enseignent donc une vertu de moins que la Religion Catholique et Romaine : celle-ci est donc la seule établie par Dieu. Elle seule remplit les deux conditions posées comme principaux caractères distinctifs, la perpétuité et la perfection de la doctrine.

*Philippe.* A la bonne heure ; mais il y a si peu de différence, que toutes les sectes chrétiennes peuvent toujours bien espérer un petit coin dans le royaume de Dieu.

*M. de Vareuil.* Si votre fils, mon cher Philippe, se donnoit les airs de raisonner sur tous les ordres qu'il reçoit de vous ; de ne les exécuter qu'au-

tant que cela lui plairoit ; de contre-
carrer toutes vos volontés par un esprit constant d'indépendance et d'insubordination , le souffririez-vous
long-temps dans votre maison ?

*Philippe.* Non, par ma fine ; je n'y
aurois pas un seul moment de repos :
et son exemple pourroit gâter mes autres enfans que je ne lui sacrifierois
certes pas ; je le déshériterois plutôt ;
et je lui défendrois de jamais descendre la marche de ma cabane.

*M. de Vareuil.* Vous voyez par-là
que les sectes séparées de l'Eglise Catholique n'ont pas grande espérance
à avoir , et que Dieu leur a retiré son
affection.

*Philippe.* J'étois dans une fausse
route. Il se pourroit que la suite de mes
malheurs, malgré ma bonne conduite,
provînt de la colère de Dieu ; et je
vous promets d'y mettre ordre.

*M. de Vareuil.* Je suis enchanté de ce que vous me dites là, père Philippe : soyez certain que Dieu bénira la résolution qu'il vient de vous inspirer.

# LES MALHEURS
## DE LA FERMIÈRE DE LUZARCHE.

Air : *Dans les Gardes Françaises.*

(Au premier Couplet seulement, on répète l'air des quatre
derniers vers.)

Dans la garde royale,
J'avois un prétendu,
D'une humeur joviale,
Mais hélas sans vertu.
J' voulois qu'en pel'rinage,
Pour bénir notre nœud,
Au Saint de mon village,
Il vint offrir son vœu :
Mais ce soldat farouche,
N' craignant ni Dieu ni lois ;
Maudissoit de sa bouche
Le Souverain des rois.

Je n'étois pas tranquille,
L' voyant si réprouvé ;
Mais l'ennui d'être fille
Fit que je l'épousai.
Ma sottise fut prompte,
Et le châtiment long ;
Que mon cruel mécompte,
Serve au moins de leçon.

2

Au bout d'une semaine,
Il me rouoit de coups;
Me regardoit à peine,
Ne m' laissoit pas deux sous.
Fille qui se marie,
Connoît à son dépend,
Qu'épousant un impie,
On se livre à Satan.

Lorsque mon héritage,
Fut par lui dissipé,
N' trouvant rien dans l' ménage,
Il l'eut bientôt quitté.
Ce qui plus me tourmente
Dans ma position,
C'est la trop vaine attente
De sa conversion.

Dieu! reçois ma prière
Pour moi, pour mon époux;
Que ma longue misère,
Apaise ton courroux.
Sainte Vierge Marie,
A ton cœur j'ai recours;
Tu vois ma triste vie,
J'implore ton secours.

# UNE SCÈNE
## EN VÉLOCIFÈRE.

LEONTINE, *jeune Parisienne*; RO-
SALIE, *jeune Paysanne*; ALFRED,
*jeune Paysan*; M. DE MAUBRUN,
M. DE LA VAUPALIERE, *tous
deux Sexagénaires.*

### LEONTINE.

C'EST bien désolant d'être forcée de
se mettre en route à onze heures du
soir. De toute la nuit je ne pourrai
fermer l'œil; et demain matin, à mon
arrivée chez M. le Préfet, je serai
plus morte que vive : à peine s'il pourra me reconnoître.

### ALFRED.

Oh bien ! quant à moi, je suis sûr
de dormir tout comme dans mon lit,
et de ne me réveiller qu'au lever du
soleil. On a un travail si fatigant,
toute la sainte journée, que lorsqu'elle
est finie, le sommeil vient sans qu'on
l'appelle. Faut convenir cependant

que Dieu n'est pas trop juste de nous faire comme ça gagner du pain bis à la sueur de notre front , à force de culture et de peines : tandis qu'aux autres il leur croît de la brioche , sans qu'ils aient tant seulement la peine de la cueillir.

## M. De La Vaupaliere.

Ne savez-vous donc pas, mon cher, que ceux qui mangent de la brioche, ce sont aussi les travaux , les sueurs de leurs pères, qui la leur ont fournie en provision ? Personne n'est privilégié à cet égard ; et les gens en place, dont le sort paroît si désirable, ont encore, outre les devoirs très-pénibles de leurs charges, mille intrigues à déjouer. Vous cueillez votre pain parmi les bleuets et les primevères. Pour eux, ils ne trouvent leur brioche que parmi les ronces et les épines.

## Alfred.

Oh ! ce n'est pas là-dessus que j'en

suis ; mais Dieu pouvoit bien arran-
ger les choses, de façon que personne n'eût à travailler, et que l'on ne
pensât qu'à boire, manger et dormir.

### M. DE LA VAUPALIERE.

Vous voyez d'après ce que vient de
nous dire Mademoiselle, qu'à quelque chose le malheur est bon. Vous
qui êtes harassé de travail, vous
jouissez d'avance du sommeil que
vous allez goûter, un peu sans doute
à nos dépens : car je m'attends à vous
voir appuyer la tête, tantôt sur mon
épaule, tantôt sur celle de votre autre
voisin. Vainement nous offririons un
pareil service à Mademoiselle : le défaut de fatigue l'empêcheroit d'en
profiter. Vous et cette jeune fille de
la campagne serez probablement les
seuls favorisés à cet égard.

### ROSALIE.

Oh ! quant à moi, il est certain
que je ne serois pas long-temps à

tapper de l'œil, si je n'avois tant de
choses en tête ; mais quitter de bra-
ves gens qui nous aiment, pour aller
trouver des parens qui ne voudront
peut-être pas de nous, ça tient éveil-
lé de reste.

### LEONTINE.

Voilà déjà notre jeune campagnard
endormi, qu'il est heureux ! Au sur-
plus j'en suis charmée, il a l'air d'un
brave homme.

### M. DE LA VAUPALIERE.

Oui, quoique un peu raisonneur
à tort et à travers.

### M. DE MAUBRUN.

Ce qu'il a dit n'est pas néanmoins
dénué de raison. Vous avez, il est
vrai, Monsieur, fait sentir que dans
l'état actuel de notre être, la fatigue
du corps n'est pas sans compensation.
Mais pourquoi faut-il que sur cette
terre de misères, il n'y ait aucun bien
qui ne soit fils de la douleur ; et pour-

quoi tant de maux affreux, orphelins posthumes du calme et de la joie? Telle est la vraie question. Vous m'allez dire peut-être, que nous portons le péché de notre premier père; et voilà positivement ce qui me paroît une injustice en Dieu.

LEONTINE.

Oh! Monsieur, je suis bien de votre avis. Qu'ai-je fait à Dieu, pour n'être pas née avant notre premier père? J'aurois vécu dans un jardin rempli des fruits les plus délicieux, embaumé de parfums, orné de buissons de roses, et de plantes d'une variété infinie de couleurs; j'aurois été du matin au soir extasiée par les concerts célestes, par la musique enchanteresse des Anges; et tout seroit venu prendre mes ordres jusqu'aux bêtes les plus féroces: je ne vois pas ce que j'ai fait à Dieu avant d'être née, pour m'avoir privée de tout cela.

M. DE LA VAUPALIERE.

Vous conviendrez au moins, Ma-

demoiselle, qu'avant d'être née, vous
n'avez rien fait non plus pour posséder
toutes ces jouissances enchante-
resses; c'eût été un don purement
gratuit que vous auriez reçu. Or, il
n'a pas plu à celui de qui cela dépen-
doit, de vous l'accorder : qu'avez-vous
à dire? Si quelque bijou frappe agréa-
blement votre vue, trouvez-vous mauvais que l'individu qui le possède,
ne vous en fasse pas le cadeau? Il ne
faut donc plus penser aux priviléges
dont vous auriez pu jouir avant notre
premier père, mais à ceux que vous
pouvez encore posséder. Or, ces mêmes priviléges que vous auriez eus
gratuitement, vous pouvez maintenant, par quelques sacrifices pas-
sagers, les conquérir pour ne les jamais perdre.

## LEONTINE.

Je vous assure, Monsieur, que je
fais beaucoup de sacrifices : il ne m'arrive pas de refuser un seul indigent,
tant que j'ai de la monnoie.

**M. De La Vaupaliere.**

Je le crois, Mademoiselle ; avec une pièce de deux sols, on ne peut acheter un chapeau garni de fleurs ; mais avez-vous quelque fois manqué un bal brillant, afin de consacrer à une famille malheureuse la dépense qu'il auroit entraînée ?

**Leontine.**

L'idée ne m'en est pas venue. S'il ne tient qu'à cela pour gagner le paradis, je renonce volontiers à la première occasion de bal.

**M. De La Vaupaliere.**

Doucement, doucement, ce n'est pas tout : ce petit sacrifice mettra pourtant des fruits savoureux dans le jardin céleste.

**Rosalie.**

Par ma fine, s'il n'y avoit pas de fleurs aussi, je ne m'en soucierois guères.

**M. De La Vaupaliere.**

Savez-vous, ma chère enfant, le

2*

moyen de mettre des fleurs dans le jardin céleste? C'est de ne pas écouter les fleurettes des galans, de fermer l'oreille aux flatteries, de ne se pas regarder dans le miroir, de ne pas différer d'aller chez la voisine qui a besoin de notre assistance, parce qu'on n'a point encore son beau corset, et qu'on pourroit y rencontrer quelques garçons du village, auxquels on s'est promis de plaire.

### ROSALIE.

Oui ! mais si, avec ces beaux discours-là, on laisse échapper un bon mariage ! ça n'est pas trop engageant.

### M. DE LA VAUPALIERE.

Mais, d'un autre côté, si celui qui veut bien vous épouser, parce qu'il ne regarde pas aux qualités essentielles, étant lui-même sans principes, rend sa jeune femme constamment malheureuse ! Au lieu que pour un mari de cette trempe-là, qu'on aura perdu par un petit sacrifice de coquetterie, si l'on gagne les délices éternelles des bienheureux !

### ROSALIE.

Dam! ça seroit bien gentil. Dites-moi donc, Monsieur, est-ce qu'on ne pourroit pas avoir l'un et l'autre? en ne faisant rien pour plaire aux garçons, si l'on plaît quoique ça, on peut bien se marier peut-être!

### M. DE LA VAUPALIERE.

Vraiment oui, ma chère enfant! et pourvu ensuite que l'on obéisse aux lois de Dieu et de l'Eglise, et qu'on ne cherche à plaire qu'à son mari, on peut espérer le paradis, où l'on verra Dieu face à face, dans toute sa gloire....

### ROSALIE.

Et ou l'on entendra les beaux concerts que lui font ses Anges.

( 32 )

### M. De La Vaupaliere.

Pour cela, il faut au moins les di-
manches et fêtes n'avoir manqué aucune des occasions de chanter les
louanges de Dieu; et l'on ne doit pas,
sous mille et mille prétextes, s'arran-
ger de telle façon que l'on arrive dans
l'église, quand tout l'office est fini.

### Leontine.

On chante si mal à notre paroisse,
qu'il n'y a pas le moindre plaisir à s'y
trouver.

### M. De La Vaupaliere.

On ne vous dit pas, Mademoiselle,
d'y aller pour votre plaisir. On vous
dit au contraire, que vous n'achèterez
les plaisirs du séjour céleste que par
le sacrifice de vos plaisirs ici-bas. Et
avec des oreilles si délicates, comment
supporteriez-vous la discordance des
hurlemens des damnés, jointe à vos
propres douleurs? mais remettons notre conversation à demain matin; car
le sommeil semble nous gagner l'un
après l'autre: le mouvement du car-

( 33 )

rosse en nous berçant finit par endormir les plus malades d'insomnie.

LEONTINE.

Il n'y a plus que vous et moi qui soyons éveillés ; et je ne crois pas en effet, que ce soit pour long-temps encore.

( *La Voiture s'arrête tout-à-coup ; on entend un cliquetis de fer ; tous se réveillent en sursaut.*)

LEONTINE.

O mon Dieu! nous sommes perdus.

M. DE LA VAUPALIERE.

Rassurez-vous, Mademoiselle; ce que vous entendez n'est que le bruit du sabot qui sert à enrayer. On le place, parce que nous descendons une côte très-rapide.

ALFRED.

Ouf. J'ai fait un bon somme. Voilà le jour qui paroît, maintenant nous pourrons nous dévisager, nous en causerons avec plus de confiance.

2**

M. DE LA VAUPALIERE (*reconnoissant M.* DE MAUBRUN ).

Quoi! c'est vous; Monsieur, que je suis charmé de vous retrouver après une séparation aussi longue! J'ai appris vos malheurs, je vous ai plaint de toute mon ame.

## M. DE MAUBRUN.

Vous ne devez plus vous étonner de ma sortie contre l'injustice de Dieu. Sur quatre enfans, trois qui me déshonorent ! trois filles à la fois abandonner leur père pour contracter des unions scandaleuses ! c'est, je crois, le comble de l'infortune, et il est permis de se plaindre de la fatalité de la vie. Le temps ne peut rien sur ma douleur. Je les ai maudites, je les ai déshéritées, toutes trois ont péri malheureusement ! leur ingratitude et leur révolte pèse encore sur mon cœur, et y pèsera jusqu'au dernier soupir.

## M. De La Vaupaliere.

Vous avez été, Monsieur, plus sévère pour elles, que Dieu ne l'a été pour notre premier père dont la désobéissance et la révolte étoient bien plus inexcusables. Il fut déshérité, non pas maudit, mais seulement soumis au travail et à la douleur. Hé ! Monsieur, vous savez comment tournent d'ordinaire ces sortes de mariages ; votre malédiction étoit superflue pour que vos filles eussent à craindre un châtiment terrible.

## M. De Maubrun.

Oui, terrible ! Il en coûte cruellement pour punir.... mille tendres soins avoient protégé leur enfance, mille bienfaits embelli leur jeunesse ; tout leur promettoit l'avenir le plus heureux !... me désobéir formellement !.... elles ne m'ont pas connu comme leur père, je ne devois pas les reconnoître pour mes enfans, non

plus que les fruits de leurs unions
scandaleuses.

### M. De La Vaupaliere.

Comment ! vous avez compris dans
votre arrêt de réprobation, ces peti-
tes créatures qui ne peuvent vous of-
fenser, puisqu'elles ne vous connois-
sent pas.

### M. De Maubrun.

Que leur dois-je? ces enfans n'ont
aucun droit à ma fortune; je ne la
tiens que de mon travail. Je ne leur
ai rien promis; on n'a pu leur faire
espérer la moindre chose de mon
côté. S'ils prospèrent, j'en serai satisfait, mais je ne veux ni les voir ni les
connoître.

### M. De La Vaupaliere.

J'avoue que dans la rigueur du
principe, vous ne devez rien à une
postérité, qui n'existeroit pas, si l'on
eût reconnu votre autorité paternelle.

Je pourrois, même en partant de cette base, prouver que nous portons avec justice la peine de la désobéissance d'Adam, s'il étoit permis à l'homme de juger la conduite de Dieu.

LÉONTINE.

Quoi! Monsieur, ne voudriez-vous pas reconnoître des orphelins qui par leur piété filiale pour vous et par leurs vertus envers leurs semblables, répareroient la faute de leurs parens, et pourroient faire honneur à votre nom! Non, cela n'est pas possible : vous n'auriez pas le cœur assez barbare. (*Elle fond en larmes.*)

M. DE MAUBRUN.

Cette sensibilité fait votre éloge, Mademoiselle; mais en vain leur tante m'a dit tout ce qu'on peut dire de mieux en leur faveur. Après ma mort elle fera ce qu'elle voudra. Quant à moi, je ne veux point les voir.

M. DE LA VAUPALIERE.

Quel beau caractère, que celui de Madame votre fille! c'est l'image de l'Eglise catholique, qui par ses prières constantes cherche généreusement à rappeller au partage des biens paternels les infidèles que l'orgueil et la désobéissance en ont privés. Puisque vos petits-enfans ont un si bon avocat, je commence à espérer qu'ils ne tarderont pas à rentrer en grace.

M. De Maubrun.

Jamais.

Leontine.

Mais si vous ne leur rendez pas leurs droits à votre héritage dont ils n'ont peut-être pas besoin, au moins pouvez-vous leur rendre votre affection qui est sans doute tout ce qu'ils désirent.

M. De Maubrun.

Jamais........ (*Il la regarde avec surprise*).

Alfred.

C'est vrai ça, puisqu'ils n'ont pas compté sur votre succession, ce n'est pas ça qui peut les toucher ; d'ailleurs ils ont des bras pour gagner leur vie, mais ça fend le cœur d'être renié par un honnête homme de grand-père.

**M. De Maubrun.**

Jamais.... ( *Il le considère atten-*
*tivement* ).

**Rosalie.**

Hé puis ; quand vous serez plus
vieux, ils seront si contens de réparer par leurs soins pour vous les petits
torts de leurs parens.

**M. De Maubrun.**

Petits torts ! la désobéissance aux
ordres formels d'un père, et son dés-
honneur ! non .... ( *Il porte ses*
*yeux avec intérêt sur Rosalie ; et il*
*soupire.*)

**Alfred.**

Tenez, je prends part à votre malheur, comme si ça me touchoit moi-
même ; car j'ai quelque chose de sem-
blable dans ma famille.

**Rosalie.**

Et moi tout de même. Aussi dès que
vous avez parlé de ça, je me suis prise
d'amitié pour votre personne, en
pensant que mon pauvre grand-père
que je ne connois pas, sera peut-être
comme vous, dans sa vieillesse, privé

des soins de sa famille par trop de sévérité.

LEONTINE.

Ah ! laissez-vous fléchir, Monsieur; vos enfans ramèneront le bonheur et la gaîté dans votre maison: ne confondez pas l'innocent avec les coupables, s'il y en a ; et ne poursuivez pas jusques dans le tombeau ceux qu'une vie honorable et un repentir exemplaire ont absous d'une faute énorme , mais la seule qu'ils aient jamais commise. N'en doutez pas, Monsieur, c'est l'histoire de votre famille; J'implore leur pardon.... J'implore le mien.... oui, Monsieur.... oui, mon père... ne rejetez pas l'enfant de votre seconde fille , qui l'a élevé dans votre amour, et dans une entière soumission à vos ordres.

M. DE MAUBRUN.

C'est elle qui a donné ce funeste exemple à ses sœurs.

LEONTINE.

N'a-t-elle pas cruellement expié ses torts? si elle fut heureuse du côte de la fortune et par l'affection de mon père, vous savez sans doute combien d'années elle supporta les douleurs atroces sous lesquelles il lui fallut enfin succomber.

### M. DE LA VAUPALIERE.

Ah! Monsieur, imitez cette belle conduite de Dieu avec ses enfans rebelles. Il les reconnoît; il les rappelle à son héritage, à mesure qu'il les en trouve dignes: c'est ainsi qu'aussitôt qu'il aperçoit parmi les peuples les plus sauvages quelques vertueux rejetons, il répand sa grace avec abondance pour y faire germer l'Evangile. Heureux succès des soins généreux de l'Eglise catholique, qui coopère de tout son pouvoir dans cette œuvre de miséricorde, en allant sans cesse à la découverte par ses missions, et n'épargnant ni sacrifices ni prières, pour retrouver ses cohéritiers! Ah! ne laissez pas non plus sans récompense, le zèle touchant de Madame votre fille. Car je présume que le voyage de Mademoiselle dans cette même voiture avec vous avoit été concerté d'avance.

LEONTINE.

Oh ! quant à moi, je ne savois pas que je dusse me trouver ici avec mon grand-papa. Mon père et ma tante craignoient peut-être que je ne fisse quelque indiscrétion. Je ne m'attendois à le voir que chez Monsieur le Préfet où je dois descendre.

ROSALIE.

Et moi aussi, c'est à lui que je suis adressée pour faire connoissance avec de nouveaux parens. Tenez, Monsieur, si vous êtes mon grand-papa, je vous assure que je vous aime depuis long-temps sans vous connoître, ne me rejetez pas, je suis la fille de Sophie Bernard.

M. DE MAUBRUN.

La dernière ! celle pour qui j'avois plus de foiblesse ! la pauvre enfant ! les secours que sa tante lui fit continuellement passer ne servoient à rien, son mari perdoit tout au jeu.

ROSALIE.

Elle en est morte de chagrin. Elle répétoit sans cesse : Je l'ai bien mérité, j'ai désobéi à mon père. « Rosalie, me dit-elle à son dernier moment, si jamais tu le vois, promets-moi de réparer ma faute par tes attentions pour lui. » Il y a bien long-temps de ça, je m'en souviens comme si j'y étois encore : mon père, qui avoit tout entendu, fut si frappé du ton de ses paroles, qu'il tomba malade le lendemain, et qu'il survécut seulement trois jours à ma pauvre mère.

ALFRED.

Ah ! ça, voilà qui est singulier par exemple ! c'est que j'ai tout juste une lettre pour Monsieur le Préfet. Je pourrois bien être un peu votre petit-fils : car je viens pour trouver un grand-papa, et une tante qu'on nomme Madame Marcillac ; ma grand'mère Louise Corberon en dit beaucoup de bien.

M. DE MAUBRUN.

Elle n'en dira jamais autant qu'on

en devroit dire. C'est un ange.... *(Il paroît absorbé dans les plus douloureuses réflexions)*.... Non, je ne puis lui résister davantage.... Mes enfans, c'est en sa faveur que je vous donne mon affection , regardez-la comme votre mère, et comme la mère la plus tendre.... Il ne sera pas besoin d'aller chez Monsieur le Préfet, vous la trouverez chez moi , et je brûle d'y arriver, afin de mettre un terme à ses chagrins. Je parierois qu'elle se promène maintenant toute pensive sur ma grande allée de tilleuls, dans la plus vive inquiétude du succès de son vertueux complot.

ALFRED.

Ah bien ! Monsieur mon grand-papa, tel considérable que soit votre jardin, avec votre petit-fils vous pouvez vous passer de jardinier : il n'y en a pas deux comme moi, pour la taille des arbres, dans tout le département.

ROSALIE.

Et moi je vous ferai les fromages

les plus délicieux que vous ayez jamais mangés. C'est que ma bonne
nourrice et moi nous sommes connues
pour ça de dix lieues à la ronde. Il
faudra absolument, mon cher grand-
papa, que vous la preniez avec nous.
C'est ma seconde mère, elle n'a plus
que moi d'enfant, elle m'aime de tout
son cœur, et elle mourroit promptement si je l'abandonnois.

M. DE MAUBRUN.

Volontiers, ma chère amie; mais tu
lui laisseras faire ses fromages, et tu
chercheras à acquérir les talens qu'é-
xige ta fortune actuelle. Et toi mon
gros paysan, tu as plus à faire qu'un
autre à cet égard, étant resté orphelin
si jeune! mais quoique tu aies d'abord
raisonné en paresseux, je sais que tu
es actif, intelligent, et que c'est ton
travail qui procure quelques dou-
ceurs à ta vieille grand'mère. Il faudra laisser tailler mes arbres à mon
jardinier, pour toi apprendre à tailler
des plumes, et te rendre digne par ton

éducation d'occuper les hauts emplois que je puis te procurer.

LEONTINE.

Si vous voulez mon grand-papa, je me charge de montrer la musique, le piano, et le dessin, à Rosalie et Alfred.

M. DE MAUBRUN.

A merveille, mes enfans, aimez-vous les uns les autres; je vous rends aussi toute ma tendresse, et puisse Dieu m'accorder la sienne. M. De La Vaupalière m'a fait sentir que je ne suis point innocent des fautes de mes filles : si elles m'avoient vu constamment soumis aux ordres du premier des pères, rendre à ce Dieu tout puissant et bon les respects et les hommages qui lui sont dus, elles n'eussent point manqué elles-mêmes à ce qu'elles lui devoient, ainsi qu'à moi. Pratiquons la sainte religion qu'il a bien voulu nous révéler; n'oublions pas que sa bonté seule nous a rappelés au partage des biens éternels, dont la désobéissance de notre premier père, avoit failli nous priver pour toujours; et que

nos louanges journalières lui en té-
moignent notre vive gratitude!

M. De La Vaupaliere.

Combien je suis satisfait, Monsieur,
d'avoir renouvelé votre connoissance, dans une occasion si heureuse !
nos châteaux ne sont pas très-éloi-
gnés, j'espère que nous nous réuni-
rons quelquefois.

M. De Maubrun.

Veuillez donc me promettre de
passer tout d'abord quelques jours
avec nous, et de présider la petite fête
de famille, où je compte célébrer le
bonheur de ma réconciliation avec
mes enfans.

M. De La Vaupaliere.

De tout mon cœur.

M. De Maubrun.

Ce n'est pas tout, il faut prendre
l'engagement de venir chaque année
en fêter l'anniversaire ; c'est un peu
votre ouvrage, vous ne pouvez vous
en dispenser.

M. De La Vaupaliere.

Je vous le promets ; mais à condition

que vous me confierez ce jeune homme, dont je désire cultiver l'heureux naturel. Puisque le voilà réduit à
cueillir de la brioche, je veux au moins
lui écarter quelques épines, ainsi que
je cherche à le faire pour mon fils.

M. DE MAUBRUN.

Avec le plus grand plaisir; et cet
espoir ajoute encore au bonheur de
la journée.

LEONTINE.

Je brûle d'être arrivée, afin d'écrire
à mon père de venir nous joindre. Je
le chargerai de prendre la nourrice
de Rosalie....

ALFRED.

Et ma vieille grand'mère, qui ne
s'arrangeroit pas de mon absence.

M. DE MAUBRUN.

Oui, mon enfant, nous avons de la
place pour elle; et je verrai avec bien
de la satisfaction ceux qui ont formé
l'heureux caractère, que je découvre
en vous tous.

# RECONNOISSANCE

*D'une jeune Allemande, sauvée par le sergent* La Valeur, *au Sac de la ville de Memmingue.*

Air, *Ahi, Povero Capigi!*

C'étoit au siége de Memmingue,
Tout dans la ville étoit en bringue;
Je vois trois mauvais garnemens
S'emparer d'un tendron de quinze ans : *( bis.)*
« Or ça, qu'on la laisse tranquille,
» Sinon j' vous donn' vot' pacotille,
» Allons, vîte, et qu' ça n' soit pas long,
» Car j' vous flanq' de mon espadon. » *(bis.)*

» N'ayez aucun effroi, ma chère,
» Conduisez-moi vers votre père :
» Un régiment fût-il d'vant vous,
» La Valeur vous sauv'roit d'eux tous. » *(bis.)*
J' fus pas plutôt dans la famille,
Qu'à mon cou se jette la fille :
C'étoit drôl' de voir un soldat,
Caressé par ces bell' dam' là. *(bis.)*

Je m'arrachai de leurs tendresses
Pour tenter nouvelles prouesses;
Toujours content, toujours joyeux,
En brave qui ne craint que Dieu; *(bis.)*

3

Mais à la bataille prochaine,
Il m'échut très-mauvaise aubaine ;
Un boulet m'emporte le bras :
On ne pare point ces coups-là. *(bis.)*

A peine dans l'infirmerie,
Donzelle en deuil, et bien jolie,
S'approche de moi doucement,
Et me serr' la main tendrement : *(bis.)*
— Je vous dois l'honneur et la vie,
» Pour toujours je suis votre amie ;
» Mais orpheline, dès demain
» Je pourrois vous donner ma main. *(bis.)*

— « N'êtes-vous pas une hérétique ? (1)
» Pour moi je suis bon catholique :
» La VALEUR ne s' mésalli'pas,
» Eussiez-vous cent fois plus d'appas. » *(bis.)*
— « Monsieur LA VALEUR me méprise,
» Je suis pourtant de son église :
» Après la mort de mes parens,
» Dieu m'en donna les sentimens. » *(bis.)*

— « Ma chère enfant, je vous admire ;
« Ce que je sens, je ne puis dire :
« Touchez-là, foi de LA VALEUR,
Je vous épouz' de bien bon cœur. *(bis.)*
Un bras d'moins n'fait rien à l'affaire,
Pour êt' bon époux et bon père :
Vous serez heureuse avec moi,
Si je n' suis pas tué pour le Roi. *(bis.)*

———

(1) Le Culte Protestant est généralement suivi à Memmingue.

# LE RÊVE SALUTAIRE.

Un Malade, Une Sœur de la Charité, *et* Le Diable *avec son cortége.*

*Le Malade.* Ah! ma sœur, je n'en puis plus, je vais mourir, priez pour moi.

*La Sœur.* Je vous l'ai déjà dit, mon cher Monsieur; mes prières n'y feront rien, si vous n'y joignez les vôtres. J'ai fait venir un Prêtre par trois fois; mais aussitôt que vous vous sentez un peu mieux, vous ne voulez plus le recevoir : la mort vous surprendra, et vous serez perdu sans ressource. (*Elle se met en oraison, tandis qu'il semble plongé dans un profond sommeil où se passe le rêve ci-après*).

*Le Diable.* Hé! bon jour, mon ami. Il y a long-temps que je désire t'embrasser; et je viens au-devant de toi pour te faire d'autant plus d'honneur, à ton entrée dans notre sombre royaume.

*Le Malade.* Finissez donc, vous

me faites un mal affreux, vous me brûlez horriblement ; je ne vous connois pas.

*Le Diable.* Oh! moi, je te connois bien. Il y a près de quarante ans, que tu travailles à mon service sur la terre, par tes impiétés d'actions et de paroles. Viens, mon cher ami, que je t'embrasse, comme le méritent ton zèle et ta fidélité.

*Le Malade.* Laissez-moi donc tranquille, vous dis-je ; je n'ai fait ni tort ni mal à personne. Je n'ai rien à démêler avec vous.

*Le Diable.* Oui dà! ne te souvient-il plus de tes blasphèmes contre Dieu, ce qui seul te rend mon sujet pour toujours, quand même ils n'auroient entraîné aucune suite importante? mais il faut que tu payes encore pour les personnes que tes propos philoso-phiques et tes actions irréligieuses ont détournées de la voie droite, et rendu criminelles : ainsi quoique par toi-même tu n'aies pas fait du mal à ton prochain, tu es plus chargé que beaucoup d'autres.

*Le Malade.* Ce n'est pas juste cela; la foi est un don de Dieu : si je ne lui ai pas rendu gloire , c'est qu'il ne m'a pas éclairé à cet égard.

*Le Diable.* Subterfuge, imposture! la foi est un don individuel de Dieu pour ceux qui n'ont pas reçu le baptême; mais ce Sacrement la confère indistinctement à tous ceux qui le reçoivent : ainsi puisque tu as été baptisé , tu dois compte de la foi que tu as reçue. Si tu l'as perdue depuis , c'est ta faute , tant pis pour toi. *( Il lui prend la main pour l'entraîner.)*

*Le Malade.* Voulez-vous bien ne pas me toucher, vos griffes me déchirent et me brûlent. Je souffre trop cruellement, pour être en état de me justifier.

*Le Diable.* Oh! c'est tout vu depuis long-temps ; je suis témoin que ton bon Ange ne t'a pas épargné les saintes inspirations, et que tu les as rejetées. 3*

*Une Voleuse.* Ne l'écoutez pas, ce chien de discoureur-là. Ce sont ses beaux raisonnemens qui m'ont fait perdre la crainte de Dieu, quand je suis entrée à son service. Je serois probablement dans le ciel, si je n'eusse pas entendu tous ses bavardages. Oui, je me serois peut-être à temps repentie de mes vols, comme le bon larron sur la croix. ( *Elle veut le prendre par dessous le bras* ).

*Le Malade.* N'approchez pas; vous me mettez en feu.

*La Voleuse.* C'est bien le moins que tu partages mes tourmens, toi qui les as causés.

*Le Malade.* Vous ai-je forcée à ne pas croire. Vous étiez libre.

*La Voleuse.* J'étois libre! mais voyez donc cet original. Tu m'appelois imbécille à tout moment; tu passois pour un homme d'esprit : je m'en suis rapporté à ton jugement, sur des matières que je n'aurois pas su approfondir.

*Un Assassin.* C'est écouter trop long-
tems ce misérable ; je vais lui plonger
dans le cœur le poignard dont il m'a
armé avec sa perfide morale. Puisqu'il étoit né sans passion et avec un
penchant naturel pour la justice , le
plus difficile étoit fait: que lui en coû-
toit-il de rendre gloire à Dieu? Pourquoi par ses propos sacrileges a-t-il
brisé le frein salutaire qui avoit rete-
nu jusque-là mon ame ardente et fou-
gueuse? Est-ce que si j'avois conservé
la crainte de l'Enfer , je n'aurois pas
mieux aimé souffrir de légères priva-
tions quelques années , que de sup-
porter mille tortures plus atroces les
unes que les autres , pendant des siè-
cles éternels?

*Tout le cortége du Diable.* Point de
grace pour ce scélérat d'empoison-
neur.

*La Voleuse.* Il faut l'étrangler.

*L'Assassin.* Arrachons lui le cœur.

*Une fille publique.* Je vais lui mettre ma chemise de soufre : ma perte

vient des livres que j'ai trouvés dans sa bibliothèque.

*Le Diable* ( *le prenant par la nuque* ). Te faut-il encore d'autres témoins? tu n'as qu'à parler.

*Le Malade* (*se sentant entraîné*). A mon secours!.... Au feu!.... On m'étrangle, on m'assassine.... malheureux que vous êtes, tremblez.... Dieu vous punira dans sa terrible justice.

*Tous*. Il n'y a pas de Dieu.

*Le Malade*. Est-ce que le bel ordre de l'univers et des cieux n'en est pas un témoignage suffisant pour vous,

*Tous*. Pur hasard!

*Le Malade*. Si l'ordre étoit l'effet du hasard, il n'y auroit jamais de phénomène dans la nature. Car, tout se trouvant enchaîné sans une volonté conservatrice, si l'ordre venoit une fois à être rompu d'un côté quelconque, tout seroit au moins pour un certain tems dans un désordre affreux, jusqu'à ce que le hasard tombât encore sur une chance d'ordre. Ainsi le moindre dérangement dans un des mille systèmes planétaires des cieux, occasionneroit le bouleversement du nôtre, celui de notre terre comme celui de toutes les autres planètes.

*Tous.* A quoi en veux-tu venir ? cela prouveroit seulement, qu'il y a un Dieu, voilà tout.

*Le Malade.* Puisqu'il y a un Dieu, sous la dépendance de qui nous nous trouvons, nous devons lui obéir par reconnoissance et par raison. Car, nous tenons tout de lui, et il est plus fort que nous.

*Tous.* Est-ce que nous savons ce qu'il faut faire pour lui obéir. On ne le voit seulement pas.

*Le Malade.* N'est-il pas vrai, que si votre père vous adresse une lettre où il vous recommande plusieurs choses dans votre propre intérêt, vous exécutez l'ordre sur sa signature, quoique vous ne le voyez pas lui-même en personne.

*Tous.* Nous ne connoissons pas la

signature de Dieu, et nous n'avons aucune lettre de lui.

*Le Malade.* Sa signature est fort aisée à reconnoître. Quand le contenu de la lettre est parfaitement beau, bon et juste, c'est Dieu qui l'a écrite : car il est la source de toute bonté, de toute justice et de toute puissance, puisqu'il est créateur et conservateur de l'ordre, et que l'ordre ne peut se conserver que par ces trois moyens. Pour ses lettres il y en a un grand nombre : Et par exemple, l'Evangile! que les plus incrédules sur les autres vérités de la religion n'ont pu s'empêcher d'admirer comme le modèle de tout ce qu'il y a de beau, de bon et de juste : caractère suffisant de la signature de Dieu, quand il n'y en auroit pas déjà mille preuves. Or, ce livre ordonne de ne pas faire à autrui ce que nous ne voudrions point que l'on nous fît ; et, en outre, d'adorer et de prier Dieu *notre père*, si nous voulons éviter des maux éternels (1).

(1) Le *Pater* a été donné par Jésus-

*Tous.* Il falloit donc, chien de docteur, puisque tu es si instruit, nous annoncer cela sur terre, et sur-tout prêcher d'exemple.

*Le Diable.* C'est lui-même qui a prononcé son jugement ; qu'on le jette au feu, et qu'on le travaille.

*Le Malade.* Arrêtez.... (*il s'éveille les yeux hagards, et aperçoit la Sœur priant à côté de son lit.*) Ma Sœur, ayez pitié de moi.... le Prêtre, le Prêtre.... Vîte, faites venir le Prêtre.

---

Christ à ses disciples. Il y consacre. 1° la nécessité de la prière comme moyen de secours contre la tentation, *ne nous laissez pas succomber à la tentation, mais délivrez nous du mal*; 2° la punition des péchés, *pardonnez-nous nos offense, comme nous pardonnons etc. etc.* : car si nos péchés ne devoient pas être punis, nous n'aurions pas besoin de lui demander qu'il nous les pardonnât. Dans une autre occasion Jésus-Christ avoit annoncé l'existence de l'Enfer, *c'est là qu'il y aura des pleurs et des grincemens de dents*; et ailleurs il déclare l'éternité de l'Enfer : *il vaut mieux entrer boiteux dans la vie éternelle qu'avec deux pieds dans les souffrances d'un feu qui ne s'éteindra jamais.* (Marc 9 ; 42-47.)

*La Sœur.* J'y vais. ( *Elle sort de la chambre pour envoyer chercher un prêtre, et rentre un moment après*).

*Le Malade.* Ah! ma Sœur, que je vous dois de reconnoissance! Oui, je n'en puis douter, c'est à la ferveur de vos prières que je dois les lumières surnaturelles qui viennent de m'instruire de l'énormité de mes crimes. ( *Il lui raconte son rêve.* ) Par quelle pénitence publique pourrai-je jamais les racheter? Ah! si Dieu me rend la santé, je lui consacrerai tous les instans de ma vie; mais peut-être dans un moment je subirai les peines que méritent mes forfaits.

*La Sœur.* Ayez confiance, mon cher Monsieur; cette disposition seule, si elle part du fond du cœur, peut vous faire trouver miséricorde : mais il y a un mieux visible chez vous ; et vous aurez au moins le temps de confier vos peines et votre repentir à un ecclésiastique. Recueillez-vous, tandis que je vais prier de mon côté.

# LA CONVERSION

## DIFFICILE,

Air : *Dirai-je mon confiteor?*

Mon père, je suis tout honteux
De ma conduite scandaleuse :
Je fus gourmand, voluptueux ;
Et j'eus l'humeur fort querelleuse.  *(bis.)*
Pour des péchés *(bis)*, que j'aime encor,
Dirai-je mon *Confiteor? (bis.)*

—Mon fils, d'un effort généreux,
Il vous faut rompre avec ces vices :
Pour vivre à jamais dans les cieux,
Compteriez-vous les sacrifices ? *(bis.)*
Renoncez donc *(bis)* à tout péché,
Si vous voulez être sauvé. *(bis.)*

Lorsqu'avec vous j'aurai revu
Toute votre honte passée,
Du châtiment qui sera dû
Je puis raccourcir la durée : *(bis)*
Le repentir *(bis)*, un franc aveu,
Promptement apaiseront Dieu. *(bis.)*

# LES FREDAINES
## DU CAPORAL LA MOUSTACHE.

*Dialogue entre le Valet de Chambre* LA FLEUR, *et son ancien camarade, le Caporal* LA MOUSTACHE, *à son retour de l'armée.*

### LA FLEUR.

MAINTENANT que te voilà un peu reposé, conte-moi tes fredaines militaires, mon cher LA MOUSTACHE : tu nous as écrit, ce me semble, que c'étoit-là ton nom de guerre.

### LA MOUSTACHE.

Oui, mon bon ami ; l'on me donna ce surnom à mon arrivée au corps. J'étois accolé à un tas d'étourneaux, frais conscrits, qui s'imaginoient, que le devoir et l'honneur d'un soldat consistoient à faire enrager les filles, à briser tout dans les cabarets, et à insulter les ecclésiastiques : corbleu,

c'est que je n'entends pas de cette
oreille-là; et qu'un jour en ayant aper-
çu une douzaine qui entouroient un
prêtre, et lui disoient mille quolibets,
je tire aussitôt ma dragonne, et je leur
crie d'une voix à les rendre sourds :
« bas les armes, blancs-becs, à genou;
» et demandez pardon à cet homme
» vénérable, ou je vous sabre tous
» sans nulle pitié. » Ah! c'est que j'en
détache, et que d'un coup de mou-
linet je vous en aurois abattu la de-
mi-douzaine.

### La Fleur.

Ils le savoient bien sans doute ;
ils auront filé doux ; j'entends ton
affaire : pour se consoler, les blancs-
becs t'auront appelé La Moustache.
Avec moi, il suffit de dire la moitié
des faits.

### La Moustache.

Pour le coup, monsieur l'entendu,
tu as deviné juste, cette fois-ci ; c'est

qu'il y a des choses sur lesquelles
je ne badine pas : le respect à Dieu
et à ses ministres, au Roi, et à mon
colonel.

## LA FLEUR.

Pour le Roi, passe. Tu as donc toujours conservé tes principes de religion. J'espérois que le séjour des
camps t'auroit donné des idées plus
libérales ; mais en effet, il n'y a que
la lecture, et la société intime des
gens de lettres, qui rectifient le jugement : tu ne peux t'imaginer combien
mon intelligence se forme par les
belles paroles, que j'entends dire à
mon maître et à ses amis.

## LA MOUSTACHE.

J'ai avec moi une société qui me
développe l'esprit bien autrement ;
c'est le crucifix que je porte sur ma
poitrine; il m'enseigne à être content
de tout, à me dévouer pour tous,
et à être soumis à mes supérieurs.

### La Fleur.

Tâche au moins qu'on n'en sache rien ici ; tu te ferois moquer de toi.

### La Moustache.

Et pourquoi, s'il vous plaît? Je n'en ai point rougi au milieu des camps où il m'a protégé ; et je t'assure qu'aucune vieille lame n'auroit osé se frotter à moi.

### La Fleur.

En mon particulier , je ne t'en aime pas moins; mais je suis un peu humilié de voir un de mes amis, d'ailleurs plein de qualités et de bon sens, s'agenouiller devant un portrait, porter sur soi des amulettes, des chapelets et des morceaux de bois en forme de croix. Hé ! mon ami, adorons Dieu dans le fond de notre cœur, et ne plions pas le genou devant des pierres et du bois, pour adorer des idoles muettes , comme dit si bien mon maître.

4*

## LA MOUSTACHE.

Ton maître est un sot, et j'ai grand
peur que tu ne le deviennes avec lui.
Corbleu, je n'aime pas à entendre de
pareils propos : ils me mettent toujours en colère, et cela n'en est pas
mieux. Si j'avois sabré mes blancs-becs,
il m'eût fallu faire une longue pénitence pour effacer ce péché-là. Mais par-
lons d'autre chose, où ton expérience
du monde pourra m'être utile.

## LA FLEUR.

Voyons, de quoi s'agit-il ?

## LA MOUSTACHE.

Tu connois ma nièce Rosalie ; elle
s'est coiffée de ce petit freluquet de
La Carrière, qui fait semblant d'en
être amoureux, pour la tromper. Elle
s'est mis en tête qu'il l'épousera ;
comme si les parens du jeune homme y consentiroient jamais ! je lui

ai fait sentir que ce mariage ne pouvoit pas avoir lieu, et elle m'a bien
promis de chercher à l'oublier...

## La Fleur.

Je te vois venir ; tu voudrois que
je me chargeasse d'aller chez notre
damoiseau pour savoir au juste ses
intentions.

## La Moustache.

Non pas, corbleu ; mais pour lui
dire qu'il eût à renoncer à ce siége-
là ; ou que je lui en ferai lever le blo-
cus, d'une manière dont il se sou-
viendra toute sa vie. Rosalie elle-mê-
me souhaite ne plus le revoir : la seule
foiblesse qu'elle m'ait montrée, c'est
le désir de conserver de lui un petit
oripeau qui ne vaut pas une pipe,
une espèce d'étui, qui contient un
anneau en cheveux avec une figure
coiffée à l'oiseau royal.

## La Fleur.

Quoi! cette bague où se trouve le portrait de son père, mais qu'il n'osoit mettre à son doigt, parce qu'il avoit l'air de porter son propre portrait; tant il lui ressemble, malgré la différence du costume!

## La Moustache.

Je la lui ai laissée : ceci c'est de la niaiserie; l'essentiel est qu'elle chasse notre amoureux du fond de son cœur, et qu'elle ne le revoie plus.

## La Fleur.

Tu la lui as laissée; tu veux donc qu'elle devienne folle, et qu'elle meure consumée d'amour. Ah! mon cher, dans les camps on peut apprendre à se battre, mais sans la lecture et la conversation d'une certaine classe de personnes, jamais on n'acquerra l'esprit de conduite. Voilà ce qui s'appelle une sottise : les cheveux qui for-

ment l'anneau sont de La Carrière ;
Rosalie est perdue sans ressource.

## LA MOUSTACHE.

Oh ! elle m'a bien promis de ne
plus penser à ce mariage ; elle a senti
parfaitement la justesse de mes réflexions. Hé ! que veux-tu que fasse
sur son cœur ou sur son esprit, la
contemplation de choses inanimées,
de la peinture, et du cuivre doré ? Je
te dirai même, qu'elle renonce tout-
à-fait à se marier.

## LA FLEUR.

Pour se donner tout entière à son
amour. Et quand elle voudroit maintenant vaincre sa passion, elle ne le
pourroit plus : ta funeste condescen-
dance a tout gâté. Tu ne connois pas
le pouvoir de l'imagination ; les visites
momentanées de l'objet aimé sont
peut-être moins dangereuses que la
vue continuelle de son portrait ou de
tout autre chose qui lui ait appartenu.

Rosalie avec le secours de sa bague s'occupera de son amour dès le lever du soleil jusqu'au milieu de la nuit. Mieux eût valu cent fois qu'elle continuât à voir La Carrière que d'en posséder une si parfaite ressemblance; la pudeur de son sexe l'auroit retenue dans de justes bornes : mais devant son image elle lui fera de nouvelles protestations de fidélité, comme s'il pouvoit les entendre. Je te le répète à regret, elle est perdue. Elle renonce à sa passion, oses-tu dire : Hé! mon cher, *ce culte, rendu à ce qui vient de l'objet aimé ou à ce qui le rappelle, est tout à la fois la preuve de l'amour le plus ardent, et le vrai moyen de l'entretenir et de le rendre éternel.*

## LA MOUSTACHE.

Corbleu, monsieur LA FLEUR, votre lecture et vos grandes conversations avec la ville et la cour vous font-elles deviner les conséquences de ce que vous venez de dire? si vous ne les voyez pas, je saurai vous les faire sentir;

car les camps et la croix de Jésus-Christ n'ôtent pas l'intelligence. C'est positivement parce que *le culte, rendu à l'objet aimé ou à tout ce qui le rappelle, est la preuve de l'amour le plus ardent, ainsi que le vrai moyen de l'entretenir et de le rendre éternel*, que je porte sur moi le portrait de Jésus-Christ : par là je jouis à tout moment de sa présence. Les Saints sont pour moi l'ornement de Jésus-Christ ; c'est une chevelure qui le pare quoiqu'elle lui soit superflue, et je les honore avec autant de respect que ma nièce en a pour les cheveux de son galant. Elle se trouveroit heureuse aussi de rester, même en son absence, dans les lieux qu'il occupe habituellement, où la moindre bagatelle qu'il auroit touché renouvelleroit le feu de sa passion : et moi, non content de porter l'image de mon Dieu, non content de l'aimer du fond de mon cœur, je me plais dans le temple où il a fixé sa demeure, parce que je

puis me le rendre encore plus présent,
et lui renouveler avec plus de ferveur
mes protestations d'amour.

## LA FLEUR.

Oui dà ! tu pourrois bien avoir raison. Je vois que les femmes en savent
plus long que nous autres philoso-
phes. Je me rappelle avoir lu, qu'elles
ne se croient pas aimées, si leurs
amans ne leur demandent quelques
tresses de leurs cheveux, quelques
babioles à leur usage, pour les porter sur soi ; et qu'elles jugent de la
chaleur ou du refroidissement de leur
cœur par le culte ou l'indifférence
qu'ils montrent pour ces bagatelles.
Mon cher LA MOUSTACHE, avec moi
il suffit d'indiquer une vérité pour
que je la sente : tu viens de me prouver la nécessité du culte ; je te promets que je vais le prêcher, au moins
par mes exemples.

# CALENDRIER

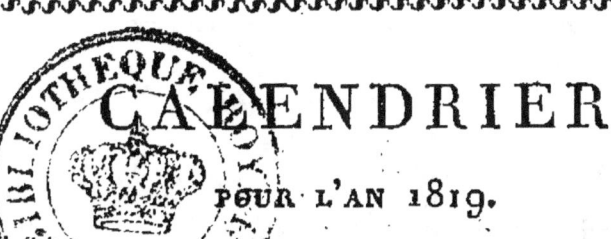

### POUR L'AN 1819.

## ARTICLES DU CALENDRIER.

De la création du monde. . . . . . . . .  5819.
Année de la période Julienne. . . . . .  6532.
 —depuis la première Olympiade . . .  2593.
 — de l'époque de Nabonassar. . . . .  2566.
 —de la fondation de Rome, selon Varron. 2572.
 —de la naissance de Jésus-Christ. . .  1819.

## ÉCLIPSES.

*Il y aura quatre Eclipses, deux de Soleil et deux de Lune.*

Le 10 avril, éclipse totale de lune, invisible à Paris.

Le 24 avril, éclipse de soleil, invisible à Paris.

Le 19 septembre, éclipse de soleil, invisible à Paris.

Le 3 octobre, éclipse de lune, invisible à Paris.

## COMPUT ECCLÉSIASTIQUE.

Nombre d'Or. . . . . . . . . . . . . . . .  15
Epacte . . . . . . . . . . . . . . . . . .  IV
Cycle solaire. . . . . . . . . . . . . . .  8
Indiction romaine. . . . . . . . . . . . .  7
Lettre dominicale. . . . . . . . . . . . .  C.

# QUATRE-TEMPS.

Les 3, 5 et 6 mars.
Les 2, 4 et 5 juin.
Les 15, 17 et 18 septembre.
Les 15, 17 et 18 décembre.

# FÊTES MOBILES.

SEPTUAGÉSIME . . 7 février.
LES CENDRES . . . 24 février.
PASQUES . . . . . . 11 avril.
L'ASCENSION. . . . 20 mai.
LES ROGATIONS. . 17 mai.
PENTECOTE . . . . 30 mai.
FÊTE-DIEU. . . . . 10 juin.
L'AVENT. . . . . . 28 novembre.

# SAISONS.

Le printemps commencera le 21 mars, à 10 h. 43 min. du matin.

L'été commencera le 22 juin, à 8 heures 6 min. du matin.

L'automne commencera le 23 septembre, à 10 heures 8 min. du soir.

L'hiver commencera le 22 décembre, à 3 heur. 14 min. du matin.

| JANVIER 1819. | FÉVRIER. |
|---|---|
| P. Q. le 3, à 8 h. du m. | P. Q. le 2, à 1 h. du m. |
| P. L. le 11, à 11 h. du m. | P. L. le 10, à 6 h. du m. |
| D. Q. le 19, à 9 h. du m. | D. Q. le 17, à 8 h. du s. |
| N. L. le 26, à 1 h. du m. | N. L. le 24, à 2 m. du s. |

| | | JANVIER | | | FÉVRIER |
|---|---|---|---|---|---|
| | vend | 1 LA CIRCONC. | lundi | 1 | s. Ignace. |
| | same | 2 s. Bazile, év. | mard | 2 | Prés. de N. S. |
| | D. | 3 ste. Geneviève. | merc | 3 | s. Blaise, m. |
| | lundi | 4 s. Rigobert. | jeudi | 4 | s. Philéas. |
| | mard | 5 s. Siméon. | vend | 5 | ste. Agathe. |
| | merc | 6 L'EPIPHANIE. | same | 6 | ste. Dorothée. |
| | jeudi | 7 s. Théau, orf. | D. | 7 | Septuagésime |
| | vend | 8 s. Lucien, év. | lundi | 8 | s. Jean de M. |
| | same | 9 s. Furcy, ab. | mard | 9 | s. Apolline. |
| 1 | D. | 10 s. Paul, her. | merc | 10 | ste. Scholastiq. |
| | lundi | 11 s. Théodose. | jeudi | 11 | s. Severin, ab. |
| | mard | 12 s. Arcade, m. | vend | 12 | ste. Eulalie. |
| | merc | 13 Bapt. de N. S. | same | 13 | s. Lezin, év. |
| | jeudi | 14 s. Hilaire, év. | D. | 14 | Sexagésime. |
| | vend | 15 s. Maur, ab. | lundi | 15 | s. Faustin. |
| | same | 16 s. Guillaume. | mard | 16 | ste. Julienne. |
| 2 | D. | 17 s. Antoine, ab. | merc | 17 | s. Silvain. |
| | lundi | 18 Ch. s. P. à R. | jeudi | 18 | s. Siméon, év. |
| | mard | 19 s. Sulpice, év. | vend | 19 | s. Gabin, m. |
| | merc | 20 s. Sébastien. | same | 20 | s. Eucher, év. |
| | jeudi | 21 ste. Agnès, v. m. | D. | 21 | Quinquagés. |
| | vend | 22 s. Vincent, m. | lundi | 22 | ste. Isabelle. |
| | same | 23 s. Ildefonce. | mard | 23 | s. Damien. |
| 3 | D. | 24 s. Babylas, év. | merc | 24 | Les Cendres. |
| | lundi | 25 Conv. s. Paul. | jeudi | 25 | s. Cesaire. |
| | mard | 26 ste. Paule, v. | vend | 26 | Les 5 Plaies. |
| | merc | 27 s. Julien, év. | same | 27 | ste. Honorine. |
| | jeudi | 28 s. Charlemag. | 1 D. | 28 | Quadragésim. |
| | vend | 29 s. Franç. de S. | | | |
| | same | 30 ste. Batilde, r | | Epacte . . . . . . IV. | |
| 4 | D. | 31 s. Pierre Nol. | | Lettre Dominicale. C. | |

| MARS. | AVRIL. |
|---|---|
| P. Q. le 3, à 8 h. du s. | P. Q. le 2, à 4 h. du s. |
| P. L. le 11, à 11 h. du s. | P. L. le 10, à 1 h. du s. |
| D. Q. le 19, à 4 h. du m. | D. Q. le 17, à 10 h. du m. |
| N. L. le 25, à 11 h. du s. | N. L. le 24, à 11 h. du m. |

| MARS | | AVRIL | |
|---|---|---|---|
| lundi | 1 s. Aubin, év. | jeudi | 1 s. Hugues, év. |
| mard | 2 s. Simplice, p. | vend | 2 La Compass. |
| merc | 3 *Quatre-Tems* | same | 3 s. Richard, é. |
| jeudi | 4 s. Casimir. | 6 D. | 4 *Les Rameaux* |
| vend | 5 s. Drausin, év. | lundi | 5 s. Zenon, m. |
| same | 6 ste. Colette. | mard | 6 s. Prudence. |
| 2 D. | 7 *Reminiscere.* | merc | 7 s. Hégésipe. |
| lundi | 8 s. Jean de D. | jeudi | 8 s. Perpet. |
| mard | 9 ste. Françoise. | vend | 9 *Vendr.-Saint.* |
| merc | 10 ste. Droctovée. | same | 10 s. Onésime. - |
| jeudi | 11 Les 40 martyrs | D. | 11 PASQUES. |
| vend | 12 s. Pol, év. | lundi | 12 s. Jules, pape. |
| same | 13 ste. Euphasie. | mard | 13 s. Marcellin. |
| 3 D. | 14 *Oculi.* | merc | 14 s. Tiburce. |
| lundi | 15 s. Zacharie. | jeudi | 15 s. Paterne. |
| mard | 16 s. Cyriaque. | vend | 16 s. Fructueux. |
| merc | 17 ste. Gertrude. | same | 17 s. Anicet, pap. |
| jeudi | 18 s. Cyrille, év. | 1 D. | 18 *Quasimodo.* |
| vend | 19 s. Joseph. | lundi | 19 s. Elphège. |
| same | 20 s. Joachim. | mard | 20 s. Hildegonde. |
| 4 D. | 21 *Lœtare.* | merc | 21 s. Anselme. |
| lundi | 22 s. Aprodise. | jeudi | 22 ste. Opportune |
| mard | 23 s. Eusèbe, év. | vend | 23 s. Georges, m. |
| merc | 24 s. Simon, m. | same | 24 ste. Beuve. |
| jeudi | 25 ANNONCIAT. | 2 D. | 25 s. Marc, év. |
| vend | 26 s. Ludger, év. | lundi | 26 s. Clet, pap. |
| same | 27 s. Rupert, év. | mard | 27 s. Polycarpe. |
| 5 D. | 28 *La Passion.* | merc | 28 s. Vital, m. |
| lundi | 29 s. Eustase. | jeudi | 29 s. Robert. |
| mard | 30 s. Rieul, év. | vend | 30 s. Eutrope. |
| merc | 31 ste. Balbine. | | |

| MAI. | JUIN. |
|---|---|
| *P. Q. le 2, à 11 h. du m.* | *P. Q. le 1, à 4 h. du m.* |
| *P. L. le 10, à 16 m. du m.* | *P. L. le 8, à 8 h. du m.* |
| *D. Q. le 16, à 4 h. du s.* | *D. Q. le 14, à 10 h. du s.* |
| *N. L. le 24, à 1 h. du s.* | *N. L. le 22, à 3 h. du s.* |
| | *P. Q. le 30, à 6 h. du s.* |

| MAI | | JUIN | |
|---|---|---|---|
| same | 1 s. Jacq. s. Phil. | mard | 1 s. Probas. |
| 3 D. | 2 s. Athanase. | merc | 2 s. Pamph. 4 T. |
| lundi | 3 Invent. s^te. Cr. | jeudi | 3 s^te. Clotilde. |
| mard | 4 s^te. Monique. | vend | 4 s. Quirin, m. |
| merc | 5 Conv. s. Aug. | same | 5 s. Boniface. |
| jeudi | 6 s. Jean P. L. | 1 D. | 6 *La Trinité.* |
| vend | 7 s. Stanislas. | lundi | 7 s. Paul de C. |
| same | 8 s. Desiré. | mard | 8 s. Médard. |
| 4 D. | 9 s. Grégoire. | merc | 9 s. Prime. |
| lundi | 10 s. Gordien. | jeudi | 10 FÊTE-DIEU. |
| mard | 11 s. Mamert. | vend | 11 s. Barnabé. |
| merc | 12 s. Epiphane. | same | 12 s. Justin. |
| jeudi | 13 s. Servais. | 2 D. | 13 s. Antoine d. P. |
| vend | 14 s. Boniface. | lundi | 14 s. Basile. |
| same | 15 s. Isidore. | mard | 15 s. Guy, m. |
| 5 D. | 16 s. Honoré, év. | merc | 16 s. Fargeau. |
| lundi | 17 *les Rogations.* | jeudi | 17 *Oct. Fête-D.* |
| mard | 18 s. Eric, roi. | vend | 18 s^te. Marine. |
| merc | 19 s. Célestin, p. | same | 19 s. Gervais s. P. |
| jeudi | 20 ASCENSION. | 3 D. | 20 s. Silvère. |
| vend | 21 s. Hospice. | lundi | 21 s. Leufroy, ab. |
| same | 22 s^te. Julie, v. | mard | 22 s. Paulin, év. |
| 6 D. | 23 s. Didier, év. | merc | 23 s. Félix, m. |
| lundi | 24 s. Donatien. | jeudi | 24 *s. Jean-Bapt.* |
| mard | 25 s. Urbain, p. | vend | 25 s. Prosper. |
| merc | 26 s. Philip. de N. | same | 26 s. Babolein. |
| jeudi | 27 s. Hildevert. | 4 D. | 27 s. Crescent. |
| vend | 28 s. Germain. | lundi | 28 s. Irenée, év. |
| same | 29 s. Maxim. *v. j.* | mard | 29 *ss. Pierre et P.* |
| D. | 30 PENTECOT. | merc | 30 Comm. s. Paul. |
| lundi | 31 s^te. Pétronille. | | |

| JUILLET. | AOUT. |
|---|---|
| P. L. le 7, à 3 h. du s. | P. L. le 5, à 10 h. du s. |
| D. Q. le 14, à 7 h. du m. | D. Q. le 12, à 6 h. du s. |
| N. L. le 22, à 5 h. du m. | N. L. le 20, à 9 h. du s. |
| P. Q. le 30, à 6 h. du m. | P. Q. le 28, à 3 h. du s. |

| | | | | | |
|---|---|---|---|---|---|
| jeudi | 1 | s. Martial. | 9 D. | 1 | Susc. s<sup>te</sup>.Croix. |
| vend | 2 | Visit. de la V. | lundi | 2 | s. Etienne, p. |
| same | 3 | s. Anatole, év. | mard | 3 | Inv. s. Etienn. |
| 5 D. | 4 | Tr. s. Martin. | merc | 4 | s. Dominique. |
| lundi | 5 | s<sup>te</sup>. Zoé, m. | jeudi | 5 | s. Yon, m. |
| mard | 6 | s. Tranquillin. | vend | 6 | Trans. de N.S. |
| merc | 7 | s<sup>te</sup>. Aubierge. | same | 7 | s. Gaëtan. |
| jeudi | 8 | s<sup>te</sup>. Elisabeth. | 10 D. | 8 | s. Justin, m. |
| vend | 9 | s<sup>te</sup>. Victoire. | lundi | 9 | s. Spire. |
| same | 10 | s<sup>te</sup>. Félicité. | mard | 10 | s. Laurent, m. |
| 6 D. | 11 | Tr. s. Benoît. | merc | 11 | Susc. s<sup>te</sup>. Cour. |
| lundi | 12 | s. Gualbert. | jeudi | 12 | s<sup>te</sup>. Claire. |
| mard | 13 | s. Turiaf, év. | vend | 13 | s. Hyppolite. |
| merc | 14 | s. Bonaventur. | same | 14 | s. Eusèbe. v. j. |
| jeudi | 15 | s. Henri, emp. | 11 D. | 15 | ASSOMPT. |
| vend | 16 | s. Eustate, év. | lundi | 16 | s. Roch. |
| same | 17 | s. Spérat et C. | mard | 17 | s. Mammès. |
| 7 D. | 18 | s. Clair. | merc | 18 | s<sup>te</sup>. Hélène. |
| lundi | 19 | s. Vincent de P | jeudi | 19 | s. Louis, év. |
| mard | 20 | s<sup>te</sup>.Marguerite | vend | 20 | s. Bernard, ab. |
| merc | 21 | s. Victor, m. | same | 21 | s. Privat, év. |
| jeudi | 22 | s<sup>te</sup>. Madeleine | 12 D. | 22 | s.Symphorien. |
| vend | 23 | s. Apollinaire. | lundi | 23 | s. Sidoine, év. |
| same | 24 | s<sup>te</sup>. Christine. | mard | 24 | s.Barthélemy. |
| 8 D. | 25 | s. Jacques le m | merc | 25 | s. LOUIS, roi. |
| lundi | 26 | s. Christophe. | jeudi | 26 | s. Zéphirin. |
| mard | 27 | s. Pantaléon. | vend | 27 | s. Césaire, év. |
| merc | 28 | s<sup>te</sup>. Anne. | same | 28 | s. Augustin. |
| jeudi | 29 | s<sup>te</sup>. Marthe. | 13 D. | 29 | Déc. s. Jean-B. |
| vend | 30 | s. Abdon, m. | lundi | 30 | s. Fiacre. |
| same | 31 | s. Germain A. | mard | 31 | s. Ovide. |

| SEPTEMBRE. | OCTOBRE. |
|---|---|
| *P. L. le 4, à 5 h. du m.* | *P. L. le 3, à 3 h. du s.* |
| *D. Q. le 11, à 9 m. du m.* | *D. Q. le 11, à 3 h. du m.* |
| *N. L. le 19, à 1 h. du s.* | *N. L. le 19, à 4 h. du m.* |
| *P. Q. le 26, à 11 h. du s.* | *P. Q. le 26, à 6 h. du m.* |

| | | | | | |
|---|---|---|---|---|---|
| merc | 1 | s. Leu, s. Gilles | vend | 1 | s. Remi, év. |
| jeudi | 2 | s. Lazare. | same | 2 | s<sup>ts</sup>. Anges G. |
| vend | 3 | s. Grégoire, p. | 18 D. | 3 | s. Cyprien. |
| same | 4 | s<sup>te</sup>. Rosalie. | lundi | 4 | s. Franç. d'As. |
| 14 D. | 5 | s. Bertin, ab. | mard | 5 | s<sup>te</sup>. Aure, v. |
| lundi | 6 | s. Onésipe, év. | merc | 6 | s. Bruno. |
| mard | 7 | s. Cloud, pr. | jeudi | 7 | s. Serge et s. B. |
| merc | 8 | NAT. DE LA V. | vend | 8 | s. Demètre. |
| jeudi | 9 | s. Omer, év. | same | 9 | *s. Denis, év.* |
| vend | 10 | s<sup>te</sup> Pulquerie. | 19 D. | 10 | s. Géréon, m. |
| same | 11 | Hyacinthe. | lundi | 11 | s. Firmin, év. |
| 15 D. | 12 | s. Serdot, év. | mard | 12 | s. Vilfride, év. |
| lundi | 13 | s. Maurille. | merc | 13 | s. Gérand, c. |
| mard | 14 | Exal. s<sup>te</sup>. Cr. | jeudi | 14 | s. Caliste, p. |
| merc | 15 | *Quatre-Tems* | vend | 15 | s<sup>te</sup>. Thérèse. |
| jeudi | 16 | s. Cyprien. | same | 16 | s. Gal, ab. |
| vend | 17 | s. Lambert. | 20 D. | 17 | s. Cerbonnet. |
| same | 18 | s. Jean Chris. | lundi | 18 | s. Luc, évang. |
| 16 D. | 19 | s. Janvier. | mard | 19 | s. Savinien. |
| lundi | 20 | s. Eustache. | merc | 20 | s. Sendou, pr. |
| mard | 21 | s. Mathieu. | jeudi | 21 | s<sup>te</sup>. Ursule, v. |
| merc | 22 | s. Maurice. | vend | 22 | s. Mellon. |
| jeudi | 23 | s<sup>te</sup>. Thècle, v. | same | 23 | s. Hilarion. |
| vend | 24 | s. Andoche. | 21 D. | 24 | s. Magloire. |
| same | 25 | s. Cléophas, d. | lundi | 25 | s. Crépin s. Cr. |
| 17 D. | 26 | s<sup>te</sup>. Justine. | mard | 26 | s. Rustique. |
| lundi | 27 | s. Côme s. D. | merc | 27 | s. Frumence. |
| mard | 28 | s. Céran, év. | jeudi | 28 | s. Simon s. J. |
| merc | 29 | s. Michel arch. | vend | 29 | s. Faron, év. |
| jeudi | 30 | s. Jérôme. | same | 30 | s. Lucain, m. |
| | | | 22 D. | 31 | s. Quentin. *v. j.* |

| NOVEMBRE. | DÉCEMBRE. |
|---|---|
| P. L. le 2, à 3 h. du m. | P. L. le 1, à 6 h. du s. |
| D. Q. le 9, à 11 h. du s. | D. Q. le 9, à 8 h. du s. |
| N. L. le 17, à 5 h. du s. | N. L. le 17, à 6 h. du m. |
| P. Q. le 24, à 1 h. du s. | P. Q. le 23, à 9 h. du s. |
| | P. L. le 31, à 11 h. du m. |
| lundi 1 TOUSSAINT. | merc 1 s. Eloi, évèq. |
| mard 2 Les Trépassés. | jeudi 2 s. François X. |
| merc 3 s. Marcel, év. | vend 3 s. Fulgence, é. |
| jeudi 4 s. Charles B. | same 4 ste. Barbe. |
| vend 5 ste. Bertilde. | 2 D. 5 s. Sabas, ab. |
| same 6 s. Léonard. | lundi 6 s. Nicolas. |
| 23 D. 7 s. Willebrod. | mard 7 ste. Fare, v. |
| lundi 8 stes. Reliques. | merc 8 CONCEPTION. |
| mard 9 s. Mathurin. | jeudi 9 ste. Gorgonie. |
| merc 10 s. Léon, 1er p. | vend 10 ste. Valère, v. |
| jeudi 11 s. Martin, év. | same 11 s. Fuscien, m. |
| vend 12 s. René, év. | 3 D. 12 s. Damase. |
| same 13 s. Brice, év. | lundi 13 ste. Luce, v. m. |
| 24 D. 14 s. Maclou. | mard 14 s. Nicaise. |
| lundi 15 s. Eugène, m. | merc 15 Quatre-Tems. |
| mard 16 s. Eucher, év. | jeudi 16 ste. Adélaïde. |
| merc 17 s. Agnan, év. | vend 17 s. Olympiade. |
| jeudi 18 ste. Aude, v. | same 18 s. Gatien, év. |
| vend 19 ste. Elisabeth. | 4 D. 19 ste. Meuris. |
| same 20 s. Edmond, r. | lundi 20 s. Philogone. |
| 25 D. 21 Prés. de la V. | mard 21 s. Thomas, a. |
| lundi 22 ste. Cécile. | merc 22 s. Honorat. |
| mard 23 s. Clément. | jeudi 23 s. Yves. |
| merc 24 ste. Flore, v. | vend 24 s. Delphin. v. j. |
| jeudi 25 ste. Catherine. | same 25 NOEL. |
| vend 26 ste. Gen. des A. | D. 26 s. Etienne, m. |
| same 27 s. Vital, m. | lundi 27 s. Jean, ap. |
| 1 D. 28 L'AVENT. | mard 28 sts. Innocens. |
| lundi 29 s. Saturnin. | merc 29 s. Thomas de C |
| mard 30 s. André. | jeudi 30 ste. Colombe. |
| | vend 31 s. Sylvestre. |

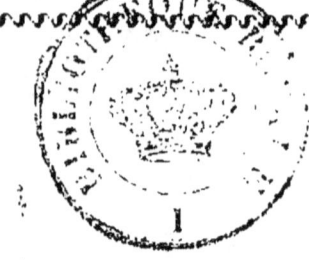

1

www.ingramcontent.com/pod-product-compliance
Lightning Source LLC
Chambersburg PA
CBHW070838280626

47161CB00015B/2187